Y es que no puedo ver algo relacionado con la enfermería sin acordarme de ti.

Espero que lo disfrutes mucho
Te quiero Pabludi

— Andrea xx

EL TIEMPO ENTRE SUTURAS

SATURNINA GALLARDO

EL TIEMPO ENTRE SUTURAS

Prólogo de
Luis Piedrahita

PLAZA JANÉS

Segunda edición: noviembre, 2015

© 2015, Héctor Castiñeira López
© 2015, Penguin Random House Grupo Editorial, S. A. U.
Travessera de Gràcia, 47-49. 08021 Barcelona
© Clarilou (Clara Lousa), por los diseños interiores
© 2015, Luis Piedrahita, por el prólogo

Penguin Random House Grupo Editorial apoya la protección del *copyright*.
El *copyright* estimula la creatividad, defiende la diversidad en el ámbito de las ideas y el conocimiento, promueve la libre expresión y favorece una cultura viva. Gracias por comprar una edición autorizada de este libro y por respetar las leyes del *copyright* al no reproducir, escanear ni distribuir ninguna parte de esta obra por ningún medio sin permiso. Al hacerlo está respaldando a los autores y permitiendo que PRHGE continúe publicando libros para todos los lectores.
Diríjase a CEDRO (Centro Español de Derechos Reprográficos, http://www.cedro.org) si necesita fotocopiar o escanear algún fragmento de esta obra.

Printed in Spain – Impreso en España

ISBN: 978-84-01-01587-8
Depósito legal: B-18.855-2015

Compuesto en La Nueva Edimac, S. L.

Impreso en Black Print CPI Ibérica
Sant Andreu de la Barca (Barcelona)

L 0 1 5 8 7 8

Penguin
Random House
Grupo Editorial

*A ti, por tus abrazos.
A mi familia, al que está en camino y sobre todo
a quienes lleváis haciendo #EnfermeríaVisible
desde mucho antes de que supierais que se llamaba así*

EL RELEVO, SI BREVE, DOS VECES BUENO.

Índice

Prólogo de Luis Piedrahita 15
Introducción 19

Sobreviviendo en el hospital
El síndrome del recomendado 25
Comiendo en el hospital 29
Los traslados interhospitalarios 35
Neonatos 39
Unidad de Cuidados Intensivos 43
El consentimiento (des)informado 47
Abreviando la sanidad 51

Material sanitario
Los electrocardiogramas 57
Los sueros 63
Los palos de gotero 67

Las llaves de tres vías 71
El esparadrapo 75
El papel de aluminio 79
Los camisones hospitalarios 83
Los pulsoxímetros 87
Las tiritas 89
Los hemocultivos 93

Mundo enfermero
Preparando oposiciones 99
La lista de sustitución urgente 103
El cambio de turno 107
Las revistas de enfermería 113
Tipos de enfermeras 117
Saliente de noche 123

Las cicatrices son sitios por donde el alma ha intentado marcharse y ha sido obligada a volver, ha sido encerrada, cosida dentro.

J. M. Coetzee,
La edad de hierro

Prólogo

A ti lector, que aspiras a morir de risa y no de cualquier tontería

Hay maneras de las que uno no desearía morir jamás: aplastado por un satélite espacial sin batería, despedazado por una jauría de jubilados hambrientos... A nadie le gustaría morir así. Ir al Polo Norte, chupar un iceberg y quedarse allí pegado para siempre. Eso no mola. ¿Por qué? Pues porque nadie quiere morirse de una tontería. Si hay que morir es preferible morir en una gran hazaña, aunque sólo sea por el qué dirán. Morir, por ejemplo, salvando a la humanidad de una catástrofe nuclear o rescatando a un bebé de las garras de un ministro de Hacienda que está a punto de devorarlo. Así da gusto morirse, dónde vas a parar, pero desgraciadamente eso no está al alcance de cualquiera. Sobre nuestras cabezas pende la espada de Damocles de morir de una tontería. Recuerdo un chino que tiró de la cisterna, se le cayó el depósito encima y le tronchó el cráneo. Da igual que ese hombre hubiera descubierto la vacuna contra la caspa, que el pobre ha pasado a la historia por ser el chino que murió con los pantalones por los tobillos porque se le cayó la cisterna en la cabeza. La verdad es que una cisterna de Damocles es mucho peor que la espada.

Nadie está a salvo de morir de una tontería. ¿Cuándo fue la última vez que le cambiaron las pilas al satélite Meteosat? Cualquier día se nos cae encima y al que le toque, le tocó. Y si morir aplastado por un satélite espacial es probable, como sigan bajando las pensiones, cualquiera de nosotros podría ser despedazado por una jauría de jubilados hambrientos. Nadie está a salvo de orinar en un enchufe por equivocación. Y llegado el caso, creo que lo más terrible no es la muerte en sí, sino el instante de entrar en urgencias con el pelo humeante y el pene carbonizado. Pienso mucho en ese chino que se presentó en urgencias con los pantalones por los tobillos y una cisterna en la cabeza. En ese momento íntimo y de dolor, sólo encontramos consuelo en los médicos de urgencias. Son como un confesor y un salvador en la misma persona. Los enfermeros y enfermeras de urgencias de un hospital son criaturas de luz y seres maravillosos rayanos en lo divino. Ellos salvaguardan nuestra dignidad haciendo un esfuerzo titánico por contener la risa.

Hace unos años, cuenta la leyenda, una enfermera recopiló sus mejores vivencias en la sala de urgencias de un hospital. Se vendieron miles de ejemplares de aquel *La vida es suero. Historias de una enfermera saturada*. Ha pasado el tiempo y esa dulce enfermera de ojos claros como la escarcha, bata cándida y manos delicadas como las alas de las mariposas, vuelve con más historias. Vuelve con más vivencias.

Los médicos de urgencias trabajan con el sufrimiento como materia prima. No es fácil, créeme. En cada guardia el dolor mira a los ojos a la enfermera saturada y esta le devuelve una sonrisa. Puede que sea la mejor forma de mirar al dolor. Tal vez es la única. Es todo lo que podemos hacer ante el sufrimiento. Sabemos poco del humor y aún menos de la vida. Lo que tenemos claro es que el humor no cura las heridas, pero las hace más soportables.

No nos pongamos estupendos, amigo lector. Tienes este libro en las manos por un motivo concreto: porque un amigo te lo ha regalado, porque lo has robado de una librería, porque te ha tocado en una rifa o porque lo has encontrado en un canasto flotando en el río. Sea por el motivo que sea, ya has leído el prólogo. Eso quiere decir que, como mínimo, estás preocupado por el hecho de morirte de una tontería y compartes conmigo la máxima de que el humor no explica la vida, pero la hace más llevadera. Si has llegado hasta aquí, amigo lector, este es mi consejo: Ya que de algo hay que morir, muérete de risa. Deja el prólogo y empieza con el libro de una vez. Este libro puede quebrarte el esternón de risa y reventarte los pulmones. Así que cuidado: si en plena carcajada espasmódica oyes que llaman a la puerta, no abras. Con total seguridad, será la enfermera saturada que trata de salvarte la vida. No la dejes pasar.

Luis Piedrahita

Introducción

No llegaba a los trece años cuando Rocío Dúrcal cantaba aquello de «Cómo han pasado los años, cómo cambiaron las cosas, las vueltas que dio la vida». Fue todo un éxito durante el verano del 95. Lo recuerdo perfectamente porque mis padres habían alquilado un apartamento en Benidorm para las vacaciones familiares y la casera, que vivía justo encima, se lo cantaba cada tarde a un pajarito que tenía en el balcón.

No soy mucho de boleros, pero recuerdo que pasaba las horas de la digestión en el balcón, sentada en el suelo, agarrada a los oxidados barrotes de la barandilla y viendo como los barcos iban y venían a la isla de Benidorm mientras chupaba mechones de pelo con sabor a salitre y tarareaba a Rocío Dúrcal. Es increíble como una canción puede transportarte a momentos y lugares tan lejanos. No pude tener una infancia mejor.

La última vez que te conté algo de mi vida, querido lector, fue en mi anterior libro, hace casi dos años. Acababa de mudarme a Madrid después de recorrer durante un año el Mediterráneo una y otra vez como enfermera de crucero. Allí se quedaba mi último ex, Jean Paul, o Popeye como le gustaba llamarle a mi padre cuando creía que no le oía. Empezaba de cero en una ciudad nueva para mí, pero en la que nadie se siente forastero. «Sin amigas, sin pareja, sin mascota, sin ataduras y sin dinero. Pero con las mismas ganas y la misma ilusión que el día que acabé enfermería», te decía. Y aquí sigo.

Como reza la canción de la que te hablo, las cosas pueden cambiar casi de un momento para otro sin que apenas te des cuenta. La vida es así de caprichosa, y nunca sabes detrás de qué esquina va a estar tu momento... Pero mi camino debe de ser una línea recta, porque en este tiempo apenas ha cambiado nada en ella.

Sigo viviendo en el mismo apartamento alquilado y trabajando de jornalera por los hospitales de Madrid. Qué quieres, los recortes en sanidad no ayudan a mejorar y todavía me siento privilegiada por no haber tenido que emigrar como muchos de mis compañeros. Al menos mi relación con la mujer que llama de la bolsa de empleo no ha empeorado y un día me dio una baja. De una semana, sí, pero era una baja. Ya tengo mi pequeño grupo de amigas en la capital y poco a poco me voy adaptando al estilo de vida madrileño: me he comprado una cazadora de cuero, unas gafas de sol redondas y de vez en cuando le pido prestado el galgo a la vecina para pasear por Malasaña hablando de los festivales de cine iraní. Adaptarse o morir, y yo soy enfermera.

No me extiendo más, que me embalo y escribo una novela. Te presento, querido lector, mi segundo libro, *El tiempo entre suturas*. Un libro escrito con mucho cariño y que espero y deseo te arranque alguna que otra carcajada con mi particular visión de los hospitales y del mundo sanitario, porque ese es su principal propósito, conseguir que no te tomes la vida demasiado en serio. Sólo me queda dar las gracias a mis seguidores por cada *like* y cada *follow* en redes sociales y por compartir y comentar mis desvaríos e inquietudes, y a mis compañeros, por hacer grande cada día la profesión de la enfermería con su trabajo y dedicación.

Besos y abrazos a repartir,

SATU,
junio de 2015

SOBREVIVIENDO EN EL HOSPITAL

DIETA ABSOLUTA EXCEPTO MEDICACIÓN. ES EL NUEVO: TE QUIERO PERO SÓLO SOMOS AMIGOS.

El síndrome del recomendado

La palabra *paciente* no se escogió al azar

En el mundo existe un síndrome que no se estudia en ninguna universidad, ni siquiera en la de la vida, que es esa universidad en la que mi padre siempre se empeña en matricularme, pero que yo desconozco exactamente dónde se encuentra y así me va. Los psicólogos lo ignoran por completo y nunca nadie lo ha pronunciado en sus divanes. Es un síndrome muchísimo peor que el de Diógenes y el de Noé juntos. Todos los sanitarios lo conocen, pero muy pocos se atreven a nombrarlo: es el «síndrome del recomendado».

Digo que es mucho peor que los otros dos juntos porque, pensadlo por un momento, si alguna vez en tu vida sufres el síndrome de Diógenes nunca te faltará de nada, y tu casa será como un bazar chino y un supermercado Dia% en uno: cajas y envases variados por el suelo, objetos inservibles acumulados en las estanterías, una hoja mustia de lechuga en el pasillo, yogures caducados hace semanas ocupando espacio en el frigorífico y un gato de esos que mueve el brazo junto a la puerta. Por otra parte, con el síndrome de Noé te dará por coleccionar todo tipo de bichería en casa, y tendrás siempre animalitos diferentes para subir a Instagram y aumentar los seguidores día a día. Sin embargo, con el síndrome del recomendado estás perdido.

Si aceptáis un consejo de esta la que escribe, nunca, nunca jamás y bajo ninguna circunstancia digáis que sois enfermeras, compañeras o «de la casa» si pisáis el hospital como pacientes. Queda totalmente prohibido pronunciar ninguna de esas palabras. Si lo hacéis, los espíritus de las grandes estudiosas de la enfermería conspirarán para que se estropee el aparato de resonancias justo cuando os tocaba, las muestras de sangre se perderán, os cogerán la vía en flexura y hará flebitis, vuestra cama será la única no articulada de la planta, los alumnos de prácticas se inventarán vuestras tensiones arteriales y compartiréis habitación con una familia entera de chabolistas, sus catorce primos y la cabra. Bueno, al menos siempre podréis subir un selfie con el animal a Instagram para que flipen vuestros seguidores: #LaCabraYyo #Selfie #CabraPower #BePositive #Happiness #PauloCoelho

#MePinchóLaDePrácticas #Hospital #LaCabraLa-CabraLaPutadeLaCabra. Y es que para este síndrome no hay remedio conocido, y la única manera existente de romper el maleficio es marcharte con tu informe de alta, si funciona la impresora...

Comiendo en el hospital

Cocina de (con)fusión

Como ya os he contado en alguna ocasión, a lo largo de mi vida he trabajado en diferentes hospitales. Algunos eran de esos tan grandes que necesitas un plano y un kit de supervivencia con batidos hiperproteicos de chocolate por si te pierdes en un pasillo y tardan varios días en encontrarte. Otros eran pequeños, de esos en los que todo el mundo se conoce y lo saben absolutamente todo de ti hasta el punto de llegar a agobiar, y otros eran de tamaño medio, que suelen ser los mejores si quieres llevar una vida tranquila. Algo así como lo que sucede en las ciudades; y es que los hospitales, en definitiva, son eso, pequeñas ciudades con sus particularidades y en los que no faltan los habitantes, los turistas, los políticos, las fuerzas del orden, el personal de mantenimiento, los gitanillos que aparcan coches y, cómo no, la cafetería.

Puedo aseguraros que aunque no existen dos cafeterías iguales, todas tienen el mismo propósito: proveer el hospital de enfermos. Les da igual que tengas a tu padre ingresado, que seas un visitador médico o que estés de guardia y tengas que comer allí tres veces por semana, la cafetería del hospital se encargará de obstruir tu vesícula y tus arterias para que nunca falten clientes en urgencias. Y es que quieren tanto al cliente, sienten tal amor por él, que hacen lo imposible por llegar a su corazón... en forma de placa de ateroma.

Los platos son tan variados que puedes encontrar desde cruasanes rellenos de salchichón hasta una deliciosa tortilla de patatas al vapor, pasando por filetes que nunca sabrás si son de pollo o de pescado, pizza de las sobras de ayer o ensaladilla con un suculento y evacuante toque de acidez. Claro que siempre hay lugar para la cocina creativa, y surgen platos como la «ensalada alemana», ¿alemana por qué?, pues porque lleva salchicha. Por supuesto, todo rebozado porque así aguanta dos días más en el expositor... estoy por empanar mi contrato a ver si funciona.

Pero si existe un plato estrella en todas las cafeterías de hospital, ese es el arroz con cosas. Arroz con brécol, con recortes de filete, con un guisante, con calamares y filete, con panga y una gamba, con patata cocida y pimentón... Toda una constante innovación en el tipo de ingredientes que se le pueden echar a un arroz digna del programa *Master Chef*. Los panecillos son de un material elástico próximo a la goma EVA, y con el postre no es mucho mejor: macedonia en lata o tarta de San Marcos para que encomiendes tu digestión al santo.

Y ahí vas tú, con un hambre voraz después de un turno de siete horas y la bandeja del autoservicio en busca de una mesa donde degustar los manjares del día. Al menos te queda Instagram para poder compartir el fantástico menú #APorElTrombo #PesadillaEnLaCocina #Hospital #IgersDanacol #MadridFusión2015.

Alguien podría pensar que en las habitaciones es diferente, pero si estás ingresado el tema de la comida no mejora. Es más sana, pero no más buena; hasta el punto de que algunos enfermos se hacen los dormidos en cuanto aparece el carro con las bandejas.

De diabético, pastosa, normal, blanda, de protección renal, hiperproteica, sin sal o de 2.000 calorías, al final casi todas son lo mismo: sopa, pollo o pescado cocido y fruta. La dieta que emocionó a Ramón Sánchez-Ocaña.

—¡Enfermera, el pescado de mi padre está crudo!

—Señora, ¿le damos sushi por la Seguridad Social y encima se queja?

Recuerdo que el año pasado en Nochebuena en las dietas de los pacientes había gambas, de las congeladas. Para que luego digan. Que se note que la gerencia no mira el euro (sobre todo si es año electoral).

Agotadas las posibilidades de comer decentemente en el hospital, sólo queda una última alternativa: la máquina expendedora.

Chocolate, patatas, frutos secos, palmeritas... Esa máquina es el templo de las grasas saturadas y lo prefabricado, pero bien pensado porque está todo equilibrado, me explico. Introduces unas monedas y decides prepararte un menú cardiosaludable a base de patatas onduladas sabor jamón, Coca-Cola y un sándwich húmedo de pollo con lechuga y mahonesa.

Así de primeras podría ser exactamente igual de sano que el menú de la cafetería del hospital, pero no. Porque es entonces cuando decides sacar de la máquina de al lado un café... y en menos de media hora habrás hecho la digestión, el sándwich y las patatas habrán recorrido a toda velocidad los seis metros de intestino y están a punto de abandonar tu cuerpo por la vía rápida sin tiempo a que se obstruyan tus arterias. ¡El hombre que repone la máquina expendedora vela por tu salud!

Esa persona anónima que cada mañana vacía las monedas de la máquina y desde el cariño coloca cuidadosamente las chocolatinas al lado de las palmeras de tal manera que se queden enganchadas cuando las compres. Ese hombre que reprime sus instintos de abrir una bolsa de patatas y comerlas mientras repone. El mismo que siempre lleva cambio porque tiene más monedas que el chino de las tragaperras, y que es la única persona en la tierra que conoce qué productos del mal debe mezclar la máquina de café para darte la sorpresa en menos de media hora.

Queridos fabricantes de máquinas automáticas de café, no les pido que me dibujen una flor en la espuma del cortado, pero sí que no sea laxante. ¡Al menos hagan que la máquina dibuje la caquita feliz del WhatsApp, que yo ya me doy por enterada!

Los traslados interhospitalarios

Luces, sirenas... ¡¡Acción!!

Si trabajar en un hospital puede llegar a ser de lo más entretenido, ni os cuento cuando el trabajo del hospital sale a la carretera.

Ayer me llamó la mujer de la bolsa de empleo y me ha contratado para uno: «Satu, traslado interhospitalario de paciente crítico. Mañana a las ocho en el hospital». Y ha colgado. No es mujer de muchas palabras; yo lo intento y le hablo del tiempo o le cuento que he tardado en descolgar porque estaba intentando pedir en La Sureña y eso lleva lo suyo, pero nada, nunca me entra a la conversación. Venga, que me disperso. Este contrato se resume en coger a un enfermo ingresado en la Unidad de Cuidados Intensivos y llevarlo al hospital de otra ciudad a unos ciento treinta kilómetros de distancia que tiene una unidad más chachi. Ese era el plan y a priori hasta puede parecer sencillo. Llegas a la UCI por la mañana temprano y todo el mundo pasa de ti. Te quedas en una esquina intentando adivinar cuál será el enfermo que hay que trasladar mientras esperas a que llegue la supervisora (he dicho que era por la mañana temprano...). Aquel no, ese otro del hemofiltro ni de broma, la viejecilla agitada que masca el tubo endotraqueal como si fuera un chicle espero que tampoco... Aparece «la nube» (la supervisora) y te dice que el afortunado es el atropello del Box 3.

Te acercas despacio a verlo, como desconfiando, y no sabes por dónde empezar... ¡¡una tracción en una pierna, collarín rígido, catéter arterial, vía central de tres luces, *pleure-vac* por neumotórax, sonda nasogástrica, sonda vesical e intubación orotraqueal!! ¡¡Un completo!! Al menos parece que está bien sedado.

Entonces se presenta alguien con una caja de herramientas cerrada con esparadrapo de tela y el asa rota y te dice: «Toma, aquí tienes de todo». ¿De todo? ¿De todo para qué? Para un cambio de aceite en la ambulancia seguramente, pero a mí me sacas del alto oleico y me pierdo. Para colmo acabas de descubrir que en la caja pone a rotulador «Revisado abril 2015» y montas en cólera. No importa, la supervisora zanja la conversación con un «Lo que ahí no esté, lo tienes en la ambulancia» y tú te fías.

Llega entonces a la unidad un hombre calvo, bajito, con cara de mala leche, un cigarro sobre la oreja y vestido con polo blanco y pantalón azul de pinzas que parece que viene de jugar al golf: es el conductor.

Los conductores de ambulancias de traslados interhospitalarios son fáciles de reconocer: siempre tienen prisa y nunca les tocaba a ellos hacer ese trayecto. Suelen tener una ambulancia pequeña con olor a cerrado, un suero amarillento en la estantería, un par de mantas y una toma de oxígeno. Eso es todo. Cualquier parecido entre su ambulancia y la de Playmobil no es pura coincidencia.

Cuando te quieres dar cuenta, alguien ha pasado el enfermo a la camilla y el conductor se lo lleva sin importarle demasiado dejarte atrás. Los cables de las derivaciones enredados, el monitor en equilibrio sobre el lateral de la camilla, cuatro bombas en torre a los pies del enfermo, el respirador portátil entre las piernas del paciente y las tubuladuras enroscadas con los sistemas de suero, la sonda vesical pinzada y la bolsa de diuresis a punto de estallar, ya que nadie la ha vaciado «porque, total, ya se marcha de alta», la nasogástrica nadie sabe dónde está, la arteria ha refluido y tú te quieres morir.

Bajas corriendo las escaleras y cuando llegas a la puerta de urgencias ves a un médico subido a la ambulancia con los informes, el vehículo ya ha arrancado y a ti no te ha dado tiempo ni a mirar si llevas sondas de aspiración... y aunque las lleves, acabas de ver que lo que hay en la ambulancia es un aspirador portátil conectado a la toma del mechero haciendo ruido como si fuera la turbina de un avión, pero que no sería capaz ni de aspirar el suero para lavar la sonda... y te encomiendas a santa Nightingale para que el paciente no haga un tapón de moco.

Al lado de tu ambulancia de traslado están aparcados los de la UVI móvil de atención extrahospitalaria. La Champions League de las ambulancias. Los has visto al subir y ellos te han visto a ti. Todos con sus botas anticorte, sus luces estroboscópicas y el uniforme hasta arriba de reflectantes y parches de colorines, un monitor desfibrilador de última generación y el maletín repleto de material. Tú, con el pijama blanco del hospital, los zuecos antinada, un polar rosa de Decathlon que te han dejado los Reyes en casa de tu madre y una caja de herramientas pegada con esparadrapo. Te regalan una mirada de superioridad. Cierras la puerta de la ambulancia mientras sonríes y piensas «me gustaría veros a vosotros trabajando en estas condiciones».

Neonatos

Hay bebés feos

Uno de los servicios del hospital que más impone, junto con las unidades de cuidados intensivos, es la unidad de neonatos. Bueno, no a todos, a la supervisora de guardia y a la mujer que llama de la bolsa de empleo no, a esas no. Todavía recuerdo la primera vez que me llamaron para que fuera, ¡a mí, que jamás había tenido un niño entre mis brazos (mi primer ex no cuenta) y no sabía ni dónde estaba la puerta de entrada a la unidad!

—Saturnina, te quiero dentro de tres horas en neonatos.

(Yo ya estaba con pérdidas de orina.)

—Pe... pe... pero yo... es que...

—Nada, mujer, ¡si total, allí vas a dar biberones!

Y en este momento te das cuenta de que la supervisora de guardia no tiene ni idea de qué se hace realmente allí.

Que sí, que biberones se dan, pero eso es sólo un 20% del trabajo de la unidad. Así que allí estaba yo, sintiéndome enfermera al 10% y no al 20, porque dar biberones a priori puede parecer sencillo, pero cuando los únicos que has visto en tu vida son los que encontré el día que me perdí por los pasillos de Carrefour (es muy triste, lo sé, pero es que cambian las cosas de sitio a propósito) y no tienes ni idea de cómo se cambia el pañal a un bebé de kilo y medio, dar biberones puede ser toda una odisea. Entonces te das cuenta de que el refranero español es muy sabio y que realmente quien no llora no mama… y el que llora primero mama antes (para no aguantarlo).

Como era la nueva, pusieron a mi cargo a los niños que estaban para coger peso, o como lo llaman allí «para engorde». ¿Una sala donde meter gente a engordar? ¡Eso es como el aula de spinning de mi gimnasio, pero al revés! Yo les daba un poco de lo mío a cada uno de aquellos bebés y todos tan contentos… qué mal repartido está el mundo.

Pero si lo de los biberones y los pañales ya me había parecido un mundo, lo de la leche era el universo entero: de fórmula, con fibra, hidrolizada, compuesta, proteica, avanzada, de continuación, de iniciación, materna… Y todo escrito en una pizarra con abreviaturas, así que donde ponía L. M. yo leía «leche moderna» y resultó ser «lactancia materna».

Por si no había tenido suficiente, lo más bizarro viene cuando te dicen que tienes que poner al niño a eructar. Sí, a eructar, y cuanto más grande sea, mejor. Y si resuena, ya te dan el premio a la eructadora del mes. Porque claro, si se le quedan dentro se pondrá a llorar y, entonces, a ver cómo lo consuelas... Me han dicho las enfermeras veteranas de la unidad que cuando un bebé llora le das con dos dedos en la barriga, como si fuera un melón y, si hace cloc cloc, son gases. Os juro que con más de un eructo que han soltado me he puesto colorada y he tenido que aclarar que había sido el niño.

—Ea, ea, bonito, échale un eructito a la Satu.
—Wreeeaaoo (con babilla de leche incluida).
—Muy bien, bonito, ¡¡así se eructa!!

Pero claro, cuando tenga cinco años y lo haga delante de la familia en la sobremesa el día de Navidad explícale que eso no se hace.

De nuevo la naturaleza está mal pensada. Habría sido mucho más práctico que los niños vinieran de serie con una válvula de salida del aire, como las ollas exprés. ¡Dónde vas a parar! No me lo han dejado experimentar, pero tengo la teoría de que si después de comer les abres un poco la pinza del ombligo, estoy segura de que sale el aire sobrante.

Si con todo esto no había tenido una tarde llena de emociones, llega el momento de las visitas de abuelos, tíos, primos y demás familia con móviles con cámara. Es entonces cuando la abuela de una de las criaturas te suelta: «Agárralo tú, que tienes más práctica», y mientras piensas en cómo salir del aprieto te imaginas a ti misma confesándole que es tu primer día en la unidad. No es buena opción, así que escapas buscando a la enfermera veterana como alma que lleva el diablo.

Por si algún día os envían a pasar un turno a esta unidad, permitidme un consejo: si tenéis que pinchar a un prematuro, buscad siempre dos venas que puedan valer; una para romperla y otra para pincharla.

Unidad de Cuidados Intensivos

Lo intensivo es sobrevivir

Hace años, cuando pisé por primera vez una Unidad de Cuidados Intensivos, me dijeron que si urgencias era una batalla, aquello era la guerra. Y no mentían.
—¡¡Salid de aquí, van a disparar!!
—Dadme cinco segundos, necesito programar primero la bomba o nada de lo que hacemos tendrá sentido.
—No nos queda tiempo, ya tiene el pulsador en la mano.
—¡¡¡Disparoooo!!! ¡¡¡Va rayo!!!
—Tranquila, a esta distancia estamos bien. Esa mampara nos servirá para frenar la radiación.
—Espero que tengas razón y nos libremos del disparo. Hay que llamar urgentemente al celador para que traiga balas. Tenemos que bajar al TAC con este paciente y no nos quedan…

Vamos, que si yo no sé de qué va la cosa, estoy ingresada en la Unidad de Cuidados Intensivos por un accidente y cuando despierto del coma lo primero que oigo es esta conversación... ¡vuelvo a quedar inconsciente del susto que me llevo!

Pero la UCI es así. Una unidad llena de preguntas sin respuesta en la que entre bombas, rayos, balas, drogas y tubos van pasando los turnos, y a una se le plantean dudas como por ejemplo «¿Cuántos metros hay que alejarse para que no te fría el rayo?» o «Si al propofol le añado Cola-Cao, ¿es un José Tojeiro?».

Porque el tema de las radiografías portátiles en UCI da para mucho. Nadie sabe nunca a cuánta distancia hay que escapar para librarse del rayo radiactivo: unos dicen que a cinco metros y otros, que a quince; otros, que el rayo viaja en zigzag buscando enfermeras, y otros que no... ¡un sin vivir! Y si te alejas mucho siempre aparece la típica graciosa que suelta: «Uy, cómo se escapa Satu, ¿no estará embarazada...?». También hay compañeras que se esconden detrás del técnico y su delantal plomado como si fuera una capa con superpoderes, y hay otras que cuando disparan los de rayos suben a Burgos a ver si hace buen tiempo y vuelven para el final del turno.

Lo que nunca falla es que al escuchar «¡rayo!» no queda ni una enfermera en la unidad. Es el mejor espantaenfermeras que haya existido jamás. En las próximas oposiciones me subiré a una mesa cuando esté a punto de empezar el examen y lo gritaré bien fuerte. Saco plaza fijo.

El consentimiento (des)informado

La ignorancia es la verdadera felicidad

En esta vida existen dos documentos que hay que firmar sin leer demasiado; bueno, tres. Uno es la hipoteca; otro, el papel que firmas para que te operen, y el tercero, las condiciones laborales de la empresa que te contrata. Léelos si te sobran tiempo y dioptrías, pero ya te adelanto que en todos los casos es un sufrimiento en balde, te van a joder si les apetece. Y si no firmas, la jodida eres tú.

Ahora en serio, ¿alguna vez has leído el consentimiento para que te operen? ¡Es que si lo lees, no lo firmas! ¡Pero si no lo firmas, no te operan! Una va a operarse de un bulto de grasa sin importancia y eso es una ruleta rusa, pero no te dan ni el placer de apretar el gatillo porque eso se lo reserva el cirujano. ¡Y cuando despiertes de la anestesia lo mismo te llamas José Manuel y descubres que te han puesto entre las piernas el miembro de Joselito! ¡Y todo sin posibilidad de reclamar! Aún si fuese el de Nacho Vidal… Claro que ese también lo guarda el cirujano para él.

Cuando firmas el documento, les autorizas a extirparte el apéndice, media pierna, el bazo, una mano, el lunar de la espalda, los complementos de la nómina y hasta a ponerte la nariz de Belén Esteban. La nariz de ahora, no la de antes de que se comiera el pollo y media granja. Qué echada a perder está esta chica, debe de haber firmado muchos consentimientos.

Pero la mejor parte del documento es donde pone: «El médico me ha explicado de manera clara y comprensible los riesgos de la intervención». ¿Clara y comprensible? ¿Para quién? Clara y comprensible le llaman a decir:

—Tú eres la del ovario, ¿no? Pues firma esto que si no, te quedas sin operar.

Todo mientras te retuerces de dolor tirada en una camilla de urgencias con tu ovario poliquístico a punto de estallar, junto a una abuela con demencia que grita llamando a su madre, el yonqui borracho habitual de la zona y una familia gitana que acaba de llegar con sus tiendas de campaña porque el patriarca está ingresado en la zona de observación. Les firmo hasta la muerte de Kennedy, pero ¡que me operen ya!

Luego te dan una copia del documento. Claro, hombre, espera, que saco el portadocumentos que llevo debajo del camisón abierto por detrás y lo guardo en el tercer departamento, entre la póliza del seguro de Santa Lucía que paga mi abuela por si me muero y las últimas voluntades. Que estoy en el hospital y he venido con lo puesto, y ya ni eso, porque me lo han quitado y tengo toda la ropa metida en una bolsa de plástico que a saber dónde está (pero, tranquilos, que le han puesto una pegatina por fuera con mis datos). Verás la que se lía cuando se entere mi madre, porque lo que más le preocupa es que se está arrugando la ropa, y que me la podrían haber doblado un poquito y no si mi ovario estalla o me operan a tiempo. Y por si fuera poco, me han colocado un camisón naranja tres tallas más grande, como si esto fuera Guantánamo. ¿Dónde pretenden que guarde la copia del consentimiento?

Para terminar me gustaría destacar que el consentimiento informado es un documento que, lo entregue el especialista que lo entregue, invariablemente lo dan a firmar con desgana. Fijaos hasta dónde llega la desgana, que para cuatro líneas que tienen para rellenar y que son los datos del paciente, ya ni se molestan en hacerlo: le ponen una pegatina torcida con tus datos. ¿Y sabéis por qué siempre la pegan así de cualquier manera? Porque los médicos nunca coleccionaron cromos cuando eran niños, estaban demasiado ocupados haciendo la pelota a la profesora para que les subiera la nota y así poder entrar en medicina cuando fueran mayores.

Abreviando la sanidad

La vida en 150 caracteres

Vivimos una época de recortes en sanidad. Creo que eso es obvio. Es suficiente con mirar la portada de cualquier diario o pasear por un centro sanitario para darse cuenta de la realidad: escasean las almohadas, las mantas, las plantas abiertas, las enfermeras y hasta los antibióticos.

Se recorta hasta tal extremo, que mis tijeras han intentado desaparecer en varias ocasiones de los bolsillos del pijama. Creo que a las pobrecillas les da vergüenza que las vean recortar, aunque sea esparadrapo. Vamos, prefiero imaginar eso antes que pensar que alguna de mis compañeras se las quieran quedar, pero como soy un poco desconfiada, he comprado una cadenita y las llevo enganchadas al bolsillo del pijama. En la época que estamos la tijera se cotiza.

Al final, con tanto recorte año tras año, el personal sanitario interiorizamos el tema de la tijera y acabamos por meterla hasta en los informes, que la tinta de impresora cotiza a precio de sangre de unicornio. Y, por supuesto, el informe ahora se entrega en mano, nada de sobres, que esos los necesitan en contabilidad.

«No AMC. COC. GCS 15. Independiente para ABVD.

»Antecedentes: DM2, HTA, DLP, depresión, FA con RVR, IRC e ICC.

»IQ previas: Fx cadera.

»TT: AAS, IECAS, AINES, HLPM, ARA II y HBPM.»

O lo que es lo mismo, pero más extendido:

«No alergias medicamentosas. Consciente, orientado y colaborador. Escala de Glasgow 15. Independiente para las actividades básicas de la vida diaria.

»Antecedentes: Diabetes Mellitus tipo 2, hipertensión, dislipemia, depresión, fibrilación auricular con respuesta ventricular rápida, insuficiencia renal crónica e insuficiencia cardíaca congestiva.

»Intervenciones quirúrgicas previas: fractura de cadera.

»Tratamiento: ácido acetilsalicílico, inhibidores de la enzima convertidora de angiotensina, antiinflamatorios no esteroideos, hipolipemiantes, antagonistas de los receptores de angiotensina II y heparina de bajo peso molecular».

Mucho más claro todo, dónde va a parar, principalmente para el hijo del paciente en cuestión que acaba de ingresar y no deja de preguntar dónde se consiguen las tarjetas para el televisor de la habitación. Hay que entenderlo. La final de la Champions está a punto de comenzar y poco o nada le preocupa que yo no disponga en el stock de planta de más de la mitad del tratamiento médico de su padre, y no está la cosa en este momento como para decirle que vaya a casa a buscar sus propias pastillas, que las va a necesitar. Si lo hiciera se molestaría por perderse buena parte del partido, y lo importante es que el paciente y su familia estén contentos y así nos puntúen bien en la encuesta de satisfacción que la «supervisora de humanización» les entregará el día del alta. Nos puntúen bien a pesar de que no haya en plantilla personal suficiente para atenderlo, haber tenido que enviar a la celadora a recorrer medio hospital para encontrar un vial del antibiótico que necesita, dejar las curas incompletas porque hace semanas que se acabaron los apósitos necesarios, ver cómo retrasan tres días su intervención porque no han cubierto las vacaciones del cirujano y cómo tardan una semana en realizarle una resonancia porque sólo hay personal contratado para el turno de mañana. No hay nada que dé más felicidad que vivir en el desconocimiento.

Os dejo. Voy a hablar con la supervisora de planta a ver si me prolonga el contrato un día más o vuelvo al paro. Cuando entre en el despacho le enseñaré disimuladamente mis tijeras nuevas con cadenita. Para que vea que yo también tengo tijeras, pero de las de trabajar.

MATERIAL SANITARIO

{ CUCHARA IMPERIAL: IDEAL PARA ROMPER EL CARBÓNICO DE LOS SUEROS. }

Los electrocardiogramas

Si dolor: ECG, nitro y avisar

Adoro el «momento electro» en las películas y series de televisión. Para la mente de un guionista cualquier arritmia es desfibrilable, y su único objetivo en esa escena de la sala de urgencias será utilizar las palas del monitor:
(Piii... Asistolia.)
—Doctor White, se nos va, lo perdemos.
—Oh no, Cindy, no puede ser, jamás me lo perdonaría. ¡Atropina! ¡Carga a 200!
(Plufsh, descargan las palas. Pi, pi, pi, pi... Ritmo sinusal normal.)
—Oh, doctor White, es usted un héroe, le ha salvado la vida. Acostémonos.

Todos los sanitarios que estamos viendo esta escena en el sofá de casa sabemos que el guionista acaba de mearse sobre los protocolos de la American

Heart Association (AHA) y el European Resuscitation Council (ERC), pero en cámara eso de chispar asistolias queda que alucinas y prácticamente nadie se ha enterado. Por suerte y como casi siempre, la realidad de los hospitales poco tiene que ver con las series de televisión y se ajusta a los protocolos, aunque según qué médico esté de guardia, en ocasiones alguna reanimación que todos recordamos bien parece un episodio de *Historias para no dormir* de Chicho Ibáñez Serrador.

Una de las cosas que más me saturan después de mirar tensiones a mano es hacer electrocardiogramas. Porque aunque a priori puede parecer sencillo, las complicaciones empiezan desde el momento en el que le mandas quitarse la parte de arriba al afortunado cardiópata.

Si es hombre, no esperes encontrarte el torso de Miguel Ángel Silvestre, eso sólo pasa en los guiones, esto es la sanidad pública y lo que abunda fundamentalmente es el macho español, el ibérico de recebo: camisa abierta, cadena de oro con la cruz de Caravaca, tarjeta de la Seguridad Social y resguardo de la quiniela en el bolsillo de la camisa, y más pelo en el pecho que en la cabeza, lo que supone un problema porque nunca sabes si depilarle sólo los cuadraditos donde vas a poner las ventosas (más conocido como el rasurado doce derivaciones) o todo de golpe. La otra opción es la del metrosexual de barrio: ese que empieza depilándose las piernas, se anima con el pecho y la entrepierna, sigue subiendo «porque yo de pelo nada, que Cristiano Ronaldo tampoco» y termina por las cejas, que las deja tan finas que dan grima. Con ellos estás perdida porque siempre vienen cubiertos de crema hidratante y las ventosas no pegan ni con esparadrapo.

Personalmente casi prefiero que sean mujeres, ya que la mayoría de las veces puedes aprovechar la «teta colgandera» para tirarla encima de las ventosas y te las sujeta de maravilla... eso o se la pones hacia arriba y la conviertes en «teta hombrera». Son muy versátiles.

Una mañana en la consulta de electrocardiogramas suele ser algo así:

—Tengo cita para hacer un electro de esos que miran la patata, jaja (el mismo chiste que los ocho pacientes anteriores).

—Muy bien, pase, quítese la parte de arriba y túmbese en la camilla.

Vas colocando las ventosas o las pegatinas (si la consulta es de las modernas), sabiendo que como es la sanidad pública y hace años que no se invierte un euro y tienes ventosas, le van a quedar unos chupetones al pobre abuelo que va a parecer que ha sobrevivido al ataque de un pulpo en las Rías Baixas. Hay ventosas que succionan con tal fuerza que si las colocas en el abdomen a la altura del apéndice, te lo extirpan sin necesidad de pasar por quirófano, con el ahorro que eso conlleva… El ministro de Sanidad está estudiando venderlas en las farmacias y colgar un tutorial en YouTube al más puro estilo «*do it yourself*».

Llega el momento crítico: imprimir el electro. Revisas los cables uno a uno y parece que está todo en su lugar, pulsas Filter, F1 (no sabes por qué, pero en la chuleta que está pegada sobre la máquina lo pone) y Print.

—Ahora no se mueva.

—Ah, ¿que no me puedo mover? (mientras se mueve para preguntar).

—Claro, si no, esto sale mal.

(Analizando…)

—Pero descrúceme las piernas, hombre, que así no hacemos nada.

—Si las descruzo me voy a mover.

—Pues muévase pero descrúcelas.

(Analizando… pi, pi, piii.)

—¡Eh! ¡Oiga! ¡¡Que respirar sí que puede!!

En ese momento ya se han despegado tres ventosas que terminas sujetando con los dedos. Estás a punto de luxarte dos falanges y con la mano que te queda libre alcanzas a pulsar «Print» de nuevo.

Pero si la tarea de pintar sobre un papel el ritmo cardíaco puede parecer complicada, no es nada comparado con descifrar los enigmas que rodean a las protagonistas de esta historia: las máquinas de electros. Las hay portátiles, otras que no lo son tanto y algunas que vienen guardadas en un fantástico estuche de polipiel forrado con ese material rojo que tiene una pelusilla extraña que da gusto frotar. Pero todas, sin excepción, tienen un serio problema libidinoso con los cables de las derivaciones que nadie ha sabido resolver: a los cables les encanta darse el lote entre ellos. Te acercas a la máquina de electros y ahí están... V4 enrollándose con V1 mientras V3 le toca el culo a V6 y este a su vez a V4 en una orgía de cobre sin fin, que aquello más que una consulta parece la casa de *Gran Hermano* en Rumanía. Creo que si hasta hoy nadie ha sabido resolver este enigma es porque en las cosas del corazón no entra la razón.

Los sueros

La barra libre de los hospitales

Últimamente en mi trabajo me siento como Tom Cruise en la película *Cocktail*, y no me refiero a lo de joven y talentosa, sino más bien a lo de barman. Es más, en los hospitales deberían organizarse campeonatos de coctelería, con premios a las enfermeras más experimentadas en el arte de preparar combinados intravenosos. Los premios podrían ser días libres, horas extras, uniformes nuevos o una taquilla en zona preferente. Y es que en los hospitales hay más tipos de sueros que marcas de ginebras en cualquier local, y ¡mira que hay! Sobre todo ahora que es bebida de modernos, porque hasta hace unos años en mi ciudad sólo bebían ginebra los abuelos.

Los sueros más demandados por los «clientes» son los salinos limpios, esto es el fisiológico de toda la vida. Una ginebra básica que admite múltiples mezclas y que las enfermeras combinaremos fácilmente con cualquier tónica para conseguir dos nuevas soluciones: salina hipertónica y salina hipotónica. Coctelería básica sanitaria.

Otro tipo de sueros que también tienen su público son los glucosados. Muy dulces, su preparación dependerá del aguante del cliente: desde el 5 hasta el 50%, de cupcake a película de Hugh Grant.

Para clientes exquisitos, las enfermeras disponemos de toda una batería de sueros *premium*: manitol, ringer lactato, plasmalite, bicarbonato, gelafundina, voluven... Algunos son tan exclusivos que, cuando los necesitas, tienes que recorrer medio hospital en busca de una botella y negociar con las compañeras de esa planta para llevártela:

—Niñas, necesito una botella de bicarbonato 1/6 molar, ¿tenéis?

—Nos queda una. ¿Y qué nos das a cambio?

—Os la cambio por tres viales de amoxicilina y un Nolotil de marca.

—De eso nada. Es la última del hospital.

—Está bien. Los tres viales, el Nolotil y una ampolla de amiodarona.

—Que sean dos.

—Cómo os pasáis... trato hecho.

Lo que no tenemos muy trabajado hasta el momento es el tema de la presentación. Si en el mundo de la coctelería existen la copa balón, los vasos de tubo, la copa de martini, el vaso Collins o la *lowball glass*, nosotras nos ceñimos al envase de plástico, de vidrio o de PVC. Eso sí, con una pegatina en la que rotulamos el número de habitación y el intervalo horario en el que debería consumirse el combinado, que todo tiene sus horas. No es por exagerar, pero lo último que he visto es servir un gin-tonic en una maceta... Chicas, hay que ponerse las pilas que los contenedores de agujas son una opción muy válida, y en Mallorca los alemanes beben alcohol en un cubo de plástico con pajitas, que yo lo he visto... y pajitas hay en todas las plantas, ¡¡y en todas las plantas una maceta!!

Al menos, nos sobra dominio en cuanto a tamaños: de 50, de 100, de 250... los puedes encontrar hasta de tres litros, el garrafón de los sueros. El caso es llenar el estómago o la vena, que al final todo termina llenando la vejiga, ya sea para lavarla o para vaciarla. Pero sin duda mis favoritos son los mini-sueros en unidosis de 10 cc, en fisiológico, cloruro potásico o cloruro sódico, aptos para aderezar los combinados más exigentes como si de unas bayas de enebro se tratase. Soluciones para perfusión que, aunque no resuelvan el problema, al menos decoran la habitación.

Os dejo, que es sábado, se acerca la noche y debo preparar unos cuantos combinados para la barra libre de urgencias aderezados con mi especialidad: las burbujas de aire.

Los palos de gotero

«¡¡Un palooo!!»

¿Alguna vez os habéis fijado en los palos de gotero? Nadie los valora como se merecen. O al menos hasta ahora. De un tiempo a esta parte nos hemos visto invadidos por los palos, y la culpa la tiene aquel anuncio en el que un niño poseído y totalmente fuera de sí gritaba mientras su padre, con complejo de *youtuber*, lo grababa abriendo los regalos de Navidad: «¡¡Un palooo!! ¡¡Un palooo!!». Y al final todos terminamos cogiéndoles cariño a esos seres inertes y casi olvidados que siempre han estado entre nosotros: el palo de golf, el palo de gotero, el rosa palo (jamás he visto un palo rosa, pero en cuestión de colores no discuto) y el fresón de Palos, que es una fresa muy grande que se inserta en el extremo de un pincho de madera y se moja en chocolate.

El cariño hacia los palos ha llegado a tal extremo que ahora no eres nadie si no llevas uno en el bolso. Sí, ese en el que todos estáis pensando y que fue el regalo estrella de las pasadas Navidades: el palo de selfie. Una especie de varita extensible como la antena de un radiocasete de los ochenta o el bastón mágico de Songoku. Este palo es capaz de llevar al extremo de lo absurdo los selfies y que está provocando la extinción de algunas especies, como la del jubilado amable que pasea frente a los monumentos de cualquier ciudad con una gran sonrisa esperando a que un grupo de turistas le pida que les haga una foto.

Pero los palos de gotero ya estaban ahí mucho antes que los de selfie, y nadie había reparado en ellos. Probablemente porque son objeto de coleccionista, ya que encontrar uno disponible en planta es casi imposible, pero sobre todo porque nadie hasta hoy ha sabido fabricar un palo de gotero en condiciones. Los tenemos de varios tipos:

- El palo pegajoso. Es uno de los más veteranos de la unidad. Sus ganchos han soportado el peso de miles de sueros, y se nota. El tornillo que sirve para ajustar la altura del palo ha desaparecido, y en su lugar alguien ha decidido, en un alarde de iluminación nightingaleana, que lo mejor sería utilizar varios metros de esparadrapo enrollado sobre sí

mismo para hacer de tope. Esa especie de bola adhesiva acaba deslizándose porque no soporta el peso, y proporciona al palo un toque pegajoso imposible de eliminar ni con Sterilium.
- El palo equilibrista. ¿Qué sucedería si ponemos un kilo de peso en lo alto de una larga barra de metal de base estrecha y tratamos de moverla con una mano? Pues el que lo ha diseñado no ha caído precisamente en eso: que se cae. Y si los sueros son de cristal, ya podéis llamar al personal de limpieza... eso si no le ha caído en la cabeza al pobre paciente que lo pasea.
- El palo pelusilla. Su hábitat natural son los probadores de Zara. Sólo así se puede explicar la procedencia de tal concentración de pelusas de colores viviendo en sus ruedas. Ahora que lo pienso, también podría vivir perfectamente debajo de mi cama y no haberme dado cuenta.
- El palo «sin». Sin una rueda, sin ganchos, sin el tornillo... Familiares cercanos de las pinzas mutiladas del fondo de la cesta, estoy segura de que si un día que haya pocos pacientes porque la gerencia ha cerrado camas me pongo con ellos, entre todos fabrico un palo que funcione en condiciones.
- El palo de camilla. Imposible de desmontar aunque el celador insista en que sí, siempre estará insertado en el lado opuesto a la vía del paciente, provocando que el sistema de suero quede justo

por delante de la cara de este. Acabas antes cogiéndole una vía en el otro brazo que intentando cambiarlo de lado.
- El palo cortado. Aunque también es un vino de Jerez, es un tipo de palo de gotero habitual de las camillas de ambulancia. De plástico, plegable y pequeño, no ofrece mucha confianza a nadie excepto al conductor de la ambulancia: «Pon esas bombas aquí, que el palo aguanta».
- También cortado aunque de metal, es la versión para silla de ruedas. O esa es la idea, porque siempre lo encuentras en el almacén solo, sin silla, y como no tiene ruedas, la opción que te queda es llevarlo al aire como el pendón de las cofradías en Semana Santa.

Ante semejante elenco, los pacientes han aprendido a sobrevivir sin ellos y ahora te piden que les quites el suero para pasear, ir al baño, a la cafetería o salir a fumar a la puerta del hospital. Suero a la carta.

Pese a todo, los palos de gotero seguirán siendo objeto de coleccionista en los hospitales mientras duren los recortes en material. Así que os aconsejo que si tenéis familiar ingresado no le llevéis flores o bombones, regaladle un palo de selfie. Además de llenar Instagram de fotos de sus cicatrices, le servirá para llevar el suero cuando quiera ir al baño.

Las llaves de tres vías

Fontanería hospitalaria

¿Alguna vez os habéis fijado bien en las llaves de tres vías? Y no me refiero a observarlas con atención como quien mira a un paciente desorientado, que eso es mirar con desconfianza por si te cae un manotazo o una patada voladora; me refiero a observarlas como quien mira al abuelo que se acaba de arrancar la sonda de orina con el globo hinchado. Esa mezcla de curiosidad y admiración.

Para quienes todavía no las conozcan, las llaves de tres vías son unos artilugios que se colocan entre los sistemas de suero y la vía del paciente y permiten a la enfermera elegir cuándo pasa un suero y cuándo no; nos da así el poder de decidir, simplemente con un leve giro de dedos, si pasa el antibiótico, la glucosa, ninguno de los dos, o todo a la vez. Las llaves de paso de la fontanería corporal.

Al cuerpo humano le faltan llaves de tres vías. Y es que el cuerpo humano está mal organizado, viene incompleto, no es ni mucho menos un «tope de gama *full equip*», es más bien un kilómetro cero, que es casi como nuevo, pero le falta algo para serlo del todo y lo sabes, y tu cuñado te lo recordará siempre:
—Tengo que llevar el coche para cambiar la luz de posición.
—Eso es porque es un kilómetro cero, yo te lo hubiera sacado nuevo por el mismo precio y con alfombrillas de regalo. No sabes mirar. (Ahora que lo pienso, ¿alguien sabe por qué todos los cuñados tienen esa obsesión con las alfombrillas del coche?)
Si el cuerpo humano viniese con varias llaves de tres vías, todo sería mucho más sencillo. «Ahora giro la llave y vacío el intestino, ahora no. Ahora giro esta otra y vacío la orina, ahora no.» ¡¡El fin de las pérdidas de orina!! Concha Velasco estaría encantada con este invento.
Como los esfínteres, pero en modo manual. Y es que por mucho que digan, hay ciertos esfínteres de tu cuerpo que no sabes por qué pero van a su aire. Estás tan tranquila cogiendo el relevo o haciendo algo tan apasionante como actualizar el plan de cuidados del ingreso, y de pronto se despierta algo dentro que hace que pierdas el color. Un clic en tu interior que lo cambia todo, y sabes que no para

bien. El termostato corporal sube y baja y empieza a caer por tu frente una gotita de sudor como la del icono de WhatsApp. Tú ya no eres tú. Ahora manda la bestia interior que se ha despertado y más vale que no llame nadie al timbre porque o vas al baño en este preciso instante o Mordor será el paraíso comparado con lo que va a suceder.

Si se pudiesen instalar llaves de tres vías en el cuerpo, yo pediría varias. Pero para ponerlas sueltas por ahí, no pegadas unas con otras, porque esto de las llaves es un no parar, una locura fontanera. He llegado a ver cinco enganchadas unas a otras en línea que ríete tú del trasvase Tajo-Segura, y a partir de la cuarta hay que pedir permiso de obra o te paralizan al paciente... y yo lo del papeleo lo llevo muy mal, que siempre lo pierdo todo. Cuando hay que poner tanta llave de tres vías, algunas enfermeras pegan pequeñas pegatinas de colores en los sistemas de suero como las que utilizan los electricistas. Ellas dicen que es porque son muy organizadas, pero en realidad es por si abren la llave equivocada, pasan todos los sueros a la vez y se funden los plomos.

No quisiera dar por concluido el tema sin abordar uno de los aspectos más sombríos de estas llaves de paso: los tapones. Y es que desde hace años me fijo en un misterio relacionado con estos pequeños artilugios, reguladores del discurrir del suero: ¿Adónde van a parar los tapones de las llaves de tres vías? Es un misterio sin respuesta. Quitas un tapón de la llave para poner medicación, lo colocas junto a la cama para volver a utilizarlo luego, y cuando vuelves... ¡ya no está! Simplemente ha desaparecido y ni el paciente ni su familiar saben nada de él, te miran como si estuvieras loca y aseguran que jamás lo han visto. Y ahí se queda la llave, triste y como desnuda sin tapón, con su tercer orificio al descubierto, entrada libre a las migas de pan del desayuno, la *happy hour* de la bacteriemia. Estoy segura de que los tapones viven en un mundo paralelo junto con todos los bolígrafos y las tijeras que he perdido a lo largo de estos años. Allí los tapones y los bolígrafos se aman en libertad, enroscándose unos en otros, hasta que aparece una tijera y les corta el rollo.

El esparadrapo

La cinta americana de la sanidad

El esparadrapo lo inventó una enfermera. Lo he leído en la Wikipedia y la pregunta ha caído en las oposiciones de mi comunidad, y aunque mi antigua profesora de Historia de la Enfermería no lo sabe, sucedió así:

—¡Venid, chicas! ¡Mirad qué he descubierto!
—¿Un buscador de venas? ¿Un médico con buena letra?
—No, ¡mucho mejor! Una tira adhesiva hipoalergénica que solucionará la vida de todas las enfermeras del mundo durante generaciones.
—¡Albricias! Pero... ¿cómo la guardaremos? Es que así es un rollo, se adhiere a todas partes y coge pelusilla...

Y en rollo se ha quedado.

El invento supuso toda una revolución para la

profesión, nada comparable al día que inventaron las llaves de tres vías, ¡acababan de crear el alambre de la enfermería! El esparadrapo es un invento tan bueno que apenas ha evolucionado. De tela, de plástico o de papel y en diferentes tamaños, pero poco más. Han probado a fabricarlo también en tiras, pero eso no es esparadrapo ni es nada, se ha quedado en una aproximación.

Después de tantos años utilizándolo a diario, las enfermeras somos expertas y grandes conocedoras de los diferentes usos y disfrutes del esparadrapo. En mi casa, por ejemplo, los regalos de Navidad se envuelven con esparadrapo, y el forro de los libros del colegio de mi sobrino va sujeto de maravilla con lo mismo.

—Tía Satu, ¿por qué pones esparadrapo? Mi mamá lo pega con celo.

—Porque así si te caes en el patio y te haces una herida, ya aprovechas el esparadrapo del forro.

Y no lo sujeto con tiritas porque a esas les tengo manía.

Llamadme exagerada, pero las aplicaciones del esparadrapo son casi infinitas. Es un tema que está claramente poco explotado por los fabricantes, ya que tiene uso tanto en la vida diaria como en el trabajo:

- Para arreglar el bajo de esos pantalones que te acabas de comprar y quieres estrenar esta misma noche por encima de todo.
- Para rotular los sueros (con esto de los recortes ya no hay pegatinas).
- Para avisar de las alergias en la carpeta con el historial del paciente.
- Para pegar notas en la pared del control: «Lorena, compra café».
- Como tope para un palo de gotero.
- Para sujetar la botella de suero en la ambulancia.
- Como parche para ese colchón antiescaras que pierde aire (también serviría un electrodo) o para solucionar el biombo roto, que como es blanco casi ni se nota.

Después de todo esto, ¡no me negaréis que es esencial llevar siempre un rollo en el bolso! De tela o de papel, si eres una enfermera como Nightingale manda, lo arreglarás todo con él... si es del bueno, claro. Porque todo el mundo sabe, y en especial los varones con vello abundante, que en el mundo existen dos tipos de esparadrapo: el que no pega y el que no se puede despegar.

El papel de aluminio

Bocadillos de suero

Para cualquier persona que haya sido niño en los inolvidables años ochenta, el papel de aluminio es sinónimo de merienda. No había bocadillo de jamón de York (o de Nocilla en el mejor de los casos) que no estuviese perfectamente envuelto, como sólo una madre sabe hacer, en el indestructible papel plateado. Y es que sólo una madre es capaz de manejar ese fino papel sin que se arrugue más de lo necesario, porque una vez doblado es imposible volver a dejarlo como estaba.

Os preguntaréis por qué en este libro sobre cosas de enfermería y hospitales dedico un capítulo al papel de aluminio. Pues esa misma pregunta se la hice yo a mi tutora de prácticas el segundo día que pisé una planta de hospital. Sí, el segundo, porque el primero la tutora no apareció y nos pasamos todo el turno sentadas en las sillas de la sala de espera de familiares con cara de pardillas sin que nadie nos hiciera caso, pero eso es otra historia que algún día os contaré.

Esa segunda mañana observé con estupefacción como una enfermera sacaba un rollo de papel de aluminio de entre las bolsitas verdes que usan los celadores para llevar las muestras al laboratorio. En un principio pensé que le había entrado hambre y se iba a preparar un sándwich; pero no, se disponía a hacer una cosa que a las enfermeras nos encanta: envolver los sueros. Es así. Inexplicablemente a todas nos gusta mucho preparar bocadillos de suero. Debe de ser cosa del instinto maternal, aunque ahora que lo pienso, seguro que de ahí viene la famosa frase «el suero alimenta como un filete» y que un creativo de Danone que estuvo hospitalizado nos quiso plagiar hace años para adaptarla a los petit-suisse, pero no cuajó. Lógico. Una enfermera tiene mucha más credibilidad que una marca de yogures.

Porque da igual que la medicación que estás preparando venga en ampolla opaca o transparente, en vial de plástico o de vidrio; como nadie es capaz de memorizar todos los prospectos del mundo y no sabemos con exactitud cuáles son los medicamentos fotosensibles que hay que proteger de la luz y cuáles no, pues los protegemos todos. Así acertamos seguro.

Y ahí comienza la competición por ver quién envuelve mejor: no cortar de más porque doblado hace feo, ni de menos porque entra la luz y luego tengo que añadir un trozo y esto no es profesional, no arrugarlo demasiado porque parece reutilizado... En el fondo todas aspiramos a manejar el papel de aluminio como mi compañera Susi. Tengo la teoría de que lo domina tan bien porque su anterior trabajo fue montar los belenes de los Cortylandia de España, y todos sabemos que se utiliza para el río..., pero se resiste a confesarlo.

Los camisones hospitalarios

Picardías de todo a cien

En este mundo hay gente que duerme con pijama; gente que duerme en calzoncillos; otros que reutilizan una vieja camiseta que antes sacaban a la calle, pero que ahora han decidido no volver a ponerse jamás ni para ir a comprar el pan y pasa a ser una camiseta-pijama; algunas personas que duermen con una cosa que se llama esquijama, que es como un traje de los del ébola pero en versión forro polar con capucha y todo, e incluso hay gente que dice que duerme desnuda... y luego están las que duermen con un camisón. Porque a mí que me perdonen, pero una persona que se enrolla en un tubo de tela para dormir como si fuese un kebab de los de rollo es que le quiere poco a la vida. ¿Habéis probado a dormir con uno? Yo sí, me lo regaló mi tía, la que tiene problemas con la bebida, hace unos años por Navidad, y a medida que me metía en la cama se iba subiendo la tela como si fuera un estor y acabé con todo el camisón enrollado bajo el sobaco, y luego bájalo casi sin margen de maniobra en mi cama de noventa, y eso cómodo, cuando menos, no es. De ahí que cada día me surge la misma duda: ¿a quién se le ha ocurrido vestir con un camisón a los pacientes en el hospital? Pues a los fabricantes de camisones en una reunión por la caída de ventas:

—Últimamente la gente ya no duerme con camisones en sus casas, parece que han descubierto que la camiseta vieja es más cómoda. ¿Qué propone, Peláez?

—¡Vistamos a los pacientes de los hospitales con ellos!

—¡Perfecto! Y para tenerlos entretenidos los enviaremos con una gran abertura y un cordoncito que se caiga en el segundo lavado para que lo aten como puedan.

Y así surgió todo. Si no, ya me contaréis qué explicación tenéis a que los de mi hospital vengan en cajas de El Corte Inglés.

Y ahí tenemos a los pobres enfermos, viéndoselas con el camisón y el cordoncito. Hay quien lo pone con la abertura por delante como si fuera un delantal de cocina, otros dejan la abertura hacia atrás, algunos que no cierran la abertura para que les entre fresquito y otros que ponen uno por delante y otro por detrás para que no se les vea ni un centímetro de piel (estos últimos son los del esquijama). Y es que en temas de camisones hospitalarios no hay nada escrito, y como vienen sin instrucciones, pues que cada cual se lo ponga como quiera..., pero que se lo ponga, por favor. Porque en todos, absolutamente en todos los hospitales del mundo, siempre hay un paciente ingresado que no se viste. Nudismo hospitalario con el único abrigo de un apósito blanco cuadrado en el abdomen y las gafas de oxígeno.

Hablando de vestirse poco, hay un tema que no quería tocar, pero que me veo obligada dadas las circunstancias: ¿por qué los pacientes no llevan ropa interior bajo el camisón? Vale que si una ingresa de improviso no lleve un surtido de bragas en el bolso, pero ya que viene tu familia a verte que te traigan unas braguitas en vez de tantas flores, que todavía no te has muerto (y también un detalle para las enfermeras, que eso siempre se agradece... pero ¡más bombones Caja Roja no, por favor!). Y no lo digo por ellos, lo digo por nosotras. Que estás en una habitación, te agachas a recoger el bolígrafo o las tijeras, y cuando levantas la mirada ríete tú del juego de piernas de Sharon Stone en *Instinto básico*... O le vas a pinchar la heparina de las ocho, levantas las sábanas y empiezas a tirar de la tela del camisón, que aquello no hay quien lo suba porque es «Camisón Slim Fit», para descubrir finalmente que al buen hombre le gusta ir en plan comando y te enseña todo el asunto como quien no quiere la cosa... y una todavía es joven e impresionable.

Asumámoslo, a los pacientes les gusta despelotarse. Como al que tengo ahora mismo en la consulta mientras escribo esto y que ha venido a ponerse una inyección intramuscular. Él cree que escribo un informe. Lo tengo justo delante de mí sin nada de ropa de cintura para abajo, se ha quitado hasta los calcetines... a ver cómo le explico que la inyección es en el culo y no por el culo.

Los pulsoxímetros

Se nos va la pinza

Empecemos por lo básico. Un pulsoxímetro o «pulsi» es un pequeño aparato, generalmente en forma de pinza, que emite luz en dos longitudes de onda para detectar la concentración de oxígeno en los vasos sanguíneos y medir también la frecuencia cardíaca.

Hasta aquí todo bien. Podría tratarse de un avance sanitario y un elemento de diagnóstico más; pero no. Concretamente este artilugio siempre nos ha vuelto locos. Es todo un *must* de los centros sanitarios y no eres nadie si no tienes tu propio pulsi. Puedes no tener tijeras o incluso fonendo, pero si no tienes un medidor de oxígeno no eres nadie. Las empresas que venden créditos de la bolsa de empleo con la excusa de los cursos de formación lo saben, incluso mis amigos de las revistas de enfermería, y cuando te matriculas o te suscribes ya no te regalan un fonendo, no. Ahora el verdadero postureo sanitario es llevar un pulsi colgado al cuello, a poder ser con una cinta de Tous o de la Vogue Fashion Night Out, que se vea que una tiene estilo. La alternativa a la cinta al cuello es una funda en el cinturón si trabajas en una ambulancia, la navaja multiusos del oxígeno.

Pero aunque el pulsi nos pueda parecer algo moderno y actual, digno de la telemedicina y los cuidados 2.0, la realidad que esconde es muy diferente. No os dejéis engañar, la primera persona que utilizó un pulsoxímetro fue E.T., el extraterrestre. Sí, el de la película de Spielberg, el mismo. Algunas teorías apuntan a que el dedo se le ponía rojo de tanto llamar por teléfono, pero es suficiente con hacer un turno de noche en la Unidad de Cuidados Intensivos para conocer la verdadera realidad del asunto. En cuanto la enfermera veterana manda bajar la intensidad de la luz en la unidad, te ves rodeado de pacientes desorientados levantando un dedo con la punta roja... y al igual que a E.T. te dan ganas de llamar a casa, pero para que alguien te saque de allí.

Las tiritas

Hemostasia de postureo

¿Os habéis parado un momento a mirar las tiritas? ¿Alguna vez os habéis preguntado cuál es la utilidad de semejante invento? Yo sí. Pensaréis que tengo mucho tiempo libre, pero no es eso. Este odio incontrolado hacia esos trozos precortados de cinta aislante color carne tiene una explicación. Todo parte de un trauma infantil de niña de clase media de los años ochenta, y que mi terapeuta ha logrado descubrir tras varias sesiones de hipnosis regresiva: nunca tuve tiritas con dibujos. Así de simple.

Hoy en día puede parecer extraño porque se encuentran tiritas con dibujos infantiles fácilmente y a un precio razonable, ya que las vende hasta el chino desconfiado de mi calle. Pero quienes hayáis sido niños en la década de los ochenta sabréis que tener tiritas con dibujos era como actualmente tener un Chanel 2.55, un objeto de deseo inalcanzable para la mayoría.

Y mi madre, muy pragmática y maestra para más inri, repetía una y otra vez la misma frase cada vez que me pelaba las rodillas en el patio del colegio o me cortaba con los columpios oxidados del parque municipal: «Ni dibujos ni dibujas, tú te pones una tirita de las normales que hay en casa; hacen el mismo efecto que esas de colorines y cuestan tres veces menos».

¿Efecto? Pero ¿cuál es el efecto de una tirita? ¿Alguien espera que ese cuadradito blanco de celulosa del tamaño de una moneda de céntimo detenga algún tipo de hemorragia?

—¡Llamad al cirujano vascular, tiene seccionada la arteria femoral!

—Tranquilos, no pasa nada. Le ponemos una tirita y aguanta hasta que llegue, que está de guardia localizada en la consulta privada.

Veréis lo que tardan en adaptar la idea para un capítulo de *Hospital Central*.

Pero hace unos días san Google me mostró el camino para superar mi trauma infantil. Todavía no lo he comentado con mi terapeuta porque va por la Seguridad Social y tengo revisión dentro de año y medio, así que para ese día o me he convertido en una compradora compulsiva de tiritas de

Peppa Pig o lo he superado. Pero lo voy a superar, y no va a ser con tiritas de Barbie o de Bob Esponja, no, he descubierto algo mucho mejor: ¡¡tiritas de Chanel!! Bueno, de Chanel, de Prada, de Burberry... que ríete de los modelitos de Galerías Velvet, ¡esto es alta sutura hospitalaria!

He podido ver también, y es totalmente verídico, que las hay para devotos con imágenes impresas de santos (santa Margarita, que me cure esta heridita; san Macabeo, si no me sanas me cabreo), para fans de *The Walking Dead*, y hasta unas sin diseños pero que incluyen rotuladores de colores para quienes les gusta personalizarlo todo. Sin duda, me quedo con las de Chanel para fardar esta primavera delante de mi supervisora.

Los hemocultivos

Si PCR no RCP. Si fiebre, hemos x 2

Todavía recuerdo aquel día. Estaba en mi segundo año de prácticas en el hospital y me dice mi enfermera tutora: «Ven, vamos a pinchar unos hemocultivos». Lo primero que pensé fue «más vale que vengas conmigo, no tengo ni idea de qué es eso, pero si has metido por el medio la palabra "pinchar", me interesa». Porque no hay una cosa en el mundo que guste más a una alumna de enfermería que pinchar. Ya puede haber bajado a la cafetería a desayunar, que tienes que pinchar una analítica urgente y al momento aparecen tu alumna y otras dos más que ni conoces con el compresor en la mano y los colmillos asomando por encima del labio. En plan *Crepúsculo*, pero en el hospital. Creo que huelen los volantes de laboratorio.

Volvamos a aquel día, que me voy por las ramas. Llegamos a la habitación y mi tutora le dice al paciente que le vamos a sacar varias muestras de sangre «para cultivar»… ¿para cultivar? Una en su cabeza se imagina a un señor con bigote, pelo canoso y bata blanca haciendo surcos con un rastrillo y plantando glóbulos rojos y leucocitos según la época del año y lo que ponga el *Calendario Zaragozano*, pero no. Lo de cultivar no va por ahí. Básicamente consiste en sacar sangre, mucha sangre, y meterla en unos frascos que son como las botellitas de la salsa del churrasco, con su poso en el fondo y todo. Luego los dejas en una cesta que pone «Celadores» y, con suerte, mañana cuando vuelvas no estarán ahí. Porque los celadores son un tema aparte que da para un capítulo entero.

Pero si una cosa está clara sobre el tema hemocultivos es que se nos ha ido por completo de las manos. Hemocultivos en urgencias, hemocultivos cuando llega a planta seis horas después, hemocultivos al día siguiente porque tiene fiebre y todavía no está el resultado de los primeros, hemocultivos si sube de 38,5 ºC, hemocultivos porque sobran pegatinas del paciente, hemocultivos porque hoy tiene tiritona y ayer no, hemocultivos porque ya está el resultado de los primeros y crece un bicho… ¡ya basta! ¡Que al final el bicho soy yo por dejar al paciente como un colador!

Eso por no hablar de esos pacientes a los que les caen hemocultivos en urgencias y a las tres horas les dan el alta. ¿Alguien va a consultar el resultado de esos hemos dentro de cuatro días? No. Esos resultados se perderán en el discurrir de los tiempos como los bolígrafos que nunca vuelven, algunos volantes de rayos y los tapones de las llaves de tres vías.

MUNDO ENFERMERO

TURISMO DE OPOSICIÓN

Preparando oposiciones

Enfermeros viajeros

Esta mañana he ido a trabajar al hospital. Ayer me llamó la mujer de la bolsa de empleo para darme un contrato de dos días en cardiología.

La mañana transcurría con total normalidad hasta que una compañera me suelta: «Satu, ¿sabes lo de las oposiciones de enfermería? Ayer estuvo aquí una niña sustituyendo que dijo que se rumorea que este año las convocan... Por lo de las elecciones, ya sabes. Pero los de los sindicatos no saben nada aún». En ese momento te quieres morir, y no sabes si de la alegría o del agobio al pensar en todo lo que se te viene encima: meses de estudio, semanas de arresto domiciliario, decenas de bizcochos de Lexatin, cientos de tests, miles de fotocopias... y lo que no sabes si todavía es peor: ¡volver a la academia!

Porque desde siempre he tenido una duda con esto de los rumores de las fechas de las oposiciones. ¿Quién los inventa? ¿Los sindicatos? ¿Las academias? ¿Una enfermera desalmada? ¿Los fabricantes de Lexatin?

Me imagino que en algún lugar de la comunidad autónoma hay un escondite supersecreto donde se reúnen los directores de las academias de oposiciones:

—¿Qué tal CTO?

—Ya ves, por aquí tirando, Ifses. Ah, mira, ahí llegan Adams y Oposalud.

—Señores, hay que lanzar un rumor de oposiciones. Nos estamos quedando sin alumnos. ¿Os viene bien en noviembre?

—Déjalo mejor para enero, por aquello de los propósitos de año nuevo...

Y así es como acaba de nacer un rumor de examen. Los grupos de WhatsApp de enfermeras y las redes sociales se encargarán del resto.

A priori apuntarse a una academia para preparar las oposiciones puede parecer sencillo: pagar e ir a clase, pero yo que he estado en unas cuantas ya os digo que no. Debemos partir de la base de que no existe la academia perfecta ni grupo de clase sin un listo dando por saco, lo que no sé si todavía es peor. En la que te explican muy bien materno son una pena dando legislación, y en la que son muy buenos en farmacología no hay quien entienda a la profesora de estadística. Siempre es así. ¿Costaría tanto reunir a los profesores buenos en una misma academia? Creo que lo hacen para que te matricules en dos academias diferentes.

Una vez dentro de la academia todo está pensado para sacarte la mayor cantidad de dinero posible: fotocopias, venta de material escolar, más fotocopias, una máquina de café para que no tengas que salir, todavía más fotocopias, wifi de pago, resúmenes fotocopiados de las fotocopias que te han vendido antes, clases extra de repaso no incluidas en la mensualidad, fotocopias del examen de las oposiciones de otra comunidad, una máquina con chocolatinas por si te da una hipoglucemia de tanto estudiar, anexos actualizados de los temas que han dado hace dos meses y que son más extensos que el tema en sí, más anexos de un tema que no recuerdas si habéis dado y hasta carpetas para guardar las fotocopias. ¡Sólo falta un vendedor de la revista *Metas de enfermería*!

La parte buena de este mundo de las oposiciones es que te hartas de viajar. El primer año te inscribes en las de tu comunidad autónoma. Como no hay suerte, el siguiente te apuntas en las de la comunidad de al lado… total, no es tan lejos, piensas. Pero como sigue sin haber suerte, llega una época en la vida de toda enfermera sustituta en la que te inscribes en absolutamente todas las convocatorias de empleo público que caen en tus manos, a lo loco. La plaza igual no la sacas, pero viajar... ¡¡Vas a conocer el país entero haciendo turismo de oposición!!

«Esta mañana hemos venido hasta Burgos para participar en las oposiciones y visitar su catedral, que hay que pedir al santo. La semana próxima conectaremos desde Valencia para ver cómo las enfermeras repasan los temas el día antes del examen tumbadas en la playa de la Malvarrosa. Un reportaje de Saturnina Gallardo para *Enfermeros viajeros*.»

Este año he tenido suerte que han salido oposiciones nada menos que en Canarias, toda una oportunidad para ponerme morena por la Seguridad Social. Luego han ido surgiendo las de Galicia, Andalucía, Extremadura, Cantabria... Como esto siga así, ¡¡me veo ahorrando el sueldo de un mes sólo para pagar las tasas!!

La lista de sustitución urgente

Los Navy SEALs de la sanidad

Como usuario del sistema sanitario probablemente nunca los habrás visto, puede que no sepas ni que existen, pero es muy posible que más de una vez te hayan atendido. Son las enfermeras y enfermeros de la lista de sustitución urgente, o como les llamamos internamente, las *enfermeras volantes*, los *pool*, las *enfermeras satélite* o incluso los *UEVO* (unidad de enfermería volante) dependiendo del centro sanitario. Un selecto grupo de profesionales, disponible las 24 horas del día, dispuesto y capacitado para solucionar cualquier problema inesperado que surja en el hospital: traslados interhospitalarios, abrir un quirófano a las tres de la madrugada, reforzar neonatos por un parto múltiple, un ingreso en cuidados intensivos en Nochebuena… y todo con sólo una llamada de teléfono.

«Cuando una decide marcar la casilla de solicitud de inclusión en esta lista especial, definitivamente no sabe dónde se mete. Durante los próximos años, y si eres capaz de superar el período de adaptación, vas a entregar tu juventud, tu tiempo y tu salud al hospital que has elegido a cambio de una puntuación extra para la lista de sustitución general... y lo peor es que te va a gustar.

El mismo día en que publican la lista de admitidos, recibes una llamada del hospital de tu localidad, antes incluso de que te hayas despertado para mirarla. «Satu, te llamo del hospital, has sido admitida en la lista del pool, en media hora tienes una reunión con la supervisora de área.» Cuando intentas abrir la boca para preguntar ya han colgado al otro lado, y esto es sólo un ejemplo de lo que te espera los próximos años de tu «no» vida.

Te vistes con lo primero que encuentras, sales corriendo de casa y te cuelas de lado en el vagón de metro mientras se cierran las puertas y rezas para que no se te quede enganchado un pie en ellas (sí, siempre he tenido pánico a ese momento; una, que es de pueblo). Llegas corriendo a la reunión y ves por allí a gente con la que has estudiado y a otros que conoces de la academia de oposiciones. Lo primero que te preguntan es tu talla de ropa, ¿Para qué? Pues para darte dos uniformes, ¡dos! ¡toma ya! Porque una de las ventajas de pertenecer al cuerpo de élite de los sustitutos urgentes de la sanidad es que durante los próximos años tendrás taquilla propia, tarjeta para el parking de personal, uniformes nuevos con tu nombre grabado y acceso prioritario a los cursos de formación del hospital. Eso sí, todo a cambio de tu vida, a ver si piensas que la sanidad está como para ir regalando cosas.

De tu formación no se encargarán otros compañeras de la lista con más antigüedad como se podría esperar, se encargarán las instructoras más duras que te puedas imaginar: «las duesaurias». Es decir, las veteranas veteranísimas de cada unidad que vas a pisar durante los próximos meses. Tu teléfono sonará a cualquier hora del día o de la noche para que salgas corriendo hacia el hospital cuando menos lo esperas, con destino a cualquier zona del mismo y sin tiempo ni para pensar dónde te vas a meter. Vas a sudar, lo vas a pasar mal y es probable que incluso entres en el baño a llorar en más de una ocasión, pero si sobrevives el primer año, estás dentro, y te doy mi palabra de que nunca más lo vas a volver a pasar mal... es probable incluso que con el tiempo desarrolles un sentido del humor un tanto negro e irónico, crees un personaje a través del cual contar tu vida e incluso acabes escribiendo un par de libros. Nunca se sabe por dónde te va a llevar la vida.

Al cabo de unos años de servicio y de cumplir las misiones de las supervisoras de guardia del hospital, pasas a la reserva y te conviertes en toda una excombatiente. Pero al igual que en el ejército, las enfermeras volantes veteranas son siempre olvidadas por la administración. Retiradas de la trinchera y con apenas unos puntos en la bolsa de empleo por los méritos adquiridos, sólo serás recordada y respetada por las actuales enfermeras volantes y por otras compañeras con las que, años después, seguirás recordando mil batallas en alguna cena del hospital.

En más de una ocasión oirás aquello de «esta fue enfermera volante» y es que, lo quieras o no, haber pertenecido a esta lista durante años te da categoría, un estatus dentro del hospital, un saber que venga lo que venga y por mucho que se complique el turno, saldrás adelante.

Ahora, cuando miro hacia atrás y recuerdo aquella época de mi vida, hasta lo echo de menos: el día que llegué al hospital a las cuatro de la madrugada disfrazada de abeja porque había que reforzar la UCI (era Carnaval, menos mal que no era Halloween...); aquella vez en fin de año que hubo que reforzar urgencias y me planté con el vestidazo y peinada de peluquería... Porque una es del pool para toda la vida lo quiera o no, y si en algún momento no lo recuerdas, las secuelas físicas y psicológicas de aquellos años dedicados intensamente a la sanidad te refrescan la memoria cuando menos lo esperas. De la lista del pool sales formada, pero muy quemada.

El cambio de turno

El relevo, si breve, dos veces bueno

Si hay un momento del día que pueda superar en felicidad al de coger mesa en tu terraza favorita de verano para tomarte una caña bien fresquita con un pincho de tortilla, es, sin duda alguna, el momento en que ves aparecer a tu relevo por la puerta de la planta. Ya pueden sonar seis timbres, quedarte curas sin hacer o faltar media hora para el cambio de turno, que si tu relevo aparece por la planta, hay que darle el cambio.

La hora del cambio de turno es otra de esas normas no escritas del hospital, y eso a una le crea conflictos consigo misma.

Os cuento mi teoría: si mi turno comienza a las tres de la tarde, lo propio será llegar diez minutos antes para que me cuenten las novedades de la planta y los cotilleos de la supervisora, calculando que esto terminará diez minutos después de las tres. De este modo, yo habré perdido diez minutos de mi tiempo y mi compañera otros tantos. Pues no. Al menos no en el hospital donde trabajo ahora. Últimamente por las plantas se está imponiendo la moda de llegar media hora antes del relevo, y eso, a mí, me parece de loca de los gatos. Si no tienen vida y las echan de casa, estupendo, pero una tiene mucha vida social y muchos quehaceres, y prefiero echar la mañana viendo jubilados mirarse la tensión en la farmacia o enviando vídeos a grupos de WhatsApp antes que regalarle mi tiempo al hospital. Y claro, pasa lo que pasa. Una llega corriendo a la planta con el bolso abierto, la chaqueta a medio poner, el fonendo arrastrando y el pelo en una maraña sujeto con venda elástica, cuando faltan diez minutos para el cambio de turno, y sucede lo de siempre:

—¡Satu! Son menos diez, llegas tarde.

—Y tú muy temprano.

—Yo llego a mi hora.

—Venga, dispara que ya los conozco, los llevé ayer, ¿¡no tienes tanta prisa!?

—221: Pendiente de gastroscopia. Ansioso, demandante y «poco colaborador».*

---

* La forma elegante de decir que el de la 221 es un rompepelotas.

Creedme, hay que parar esto. Me han contado que en un hospital de Burgos una loca de estas empezó a llegar cuarenta minutos más pronto por hacerlo antes que nadie, pues las otras la imitaron y entonces ella se adelantaba todavía más. Así, se creó un bucle raro de ir atrasando el reloj durante semanas y meses, tanto que a día de hoy cuando se dan el relevo del turno de mañana ya está la enfermera de la que os hablo entrando en la planta para el turno de tarde.

Pero sin duda uno de los aspectos del cambio de turno al que le falta criterio es lo que se trata en ellos. Empiezas el relevo hablando de los enfermos de la planta y de sus acompañantes, hasta que una compañera tiene la genial idea de sacar el móvil y enseñarnos a todas la foto de su hijo tocando el fagot. Se acabó. Es el fin del relevo y a partir de ese momento ves como se desvanecen todas tus esperanzas de llegar a tiempo a la cena de cumpleaños de una amiga. En un movimiento reflejo y perfectamente sincronizado, el resto de las madres de la sala sacan sus teléfonos con fotos de sus hijos pintando, durmiendo o montando en bici, y lo que es peor... ¡¡vídeos de sus hijos cantando!! No quiero ver niños haciendo cosas, quiero contar el relevo de una vez y marcharme antes de que mis amigas vayan por la tercera copa; si quisiera ver niños cantando pondría *Tu sí que vales* o el programa ese al que va a cantar el hijo de la celadora y que siempre nos pide que le votemos. Eso cuando no les da por hablar de las notas del colegio, que entonces aquello se convierte en una competición por ver cuál de sus hijos es más listo.

—Ay, niñas. Mi Carlota ha traído las notas. Qué digo las notas, ¡las notazas! Ya me ha dicho que tu Marquitos bueno... no muy bien.

—Sí, la maestra dice que es un poco vago, pero muy inteligente.

—Alguna parte le viene de familia entonces.

Es algo similar a lo que sucede cuando nace el hijo de alguien que tienes agregado en Facebook, le das a «Me gusta» un poco por educación, otro poco porque el niño es mono y también por aquello de quedar bien... no lo hagáis nunca o estaréis recibiendo notificaciones hasta que el chaval haga la primera comunión. Avisados estáis.

El último de los temas estrella en los cambios de turno en los hospitales son las recetas (de cocina). A las enfermeras, y en especial a las auxiliares, nos encanta intercambiar recetas de postres. Es una cosa que llevamos ahí y de la que no te das cuenta hasta que llegas al hospital. El trapicheo de recetas de cocina es incesable. Un día tu compañera saca del bolso la página recortada de la revista *Pronto* con la receta de la tarta de queso para pasársela a la del turno de tarde y, sin saber por qué y en un alarde de Jordi Roca, le pides que te haga una fotocopia a ti también. Por si acaso. Por si una tarde fría y lluviosa de invierno te aburres mucho, te vienes arriba y te pones a prepararla. La cuestión es tenerla. Creo que los cocineros de la tele primero fueron enfermeros, y con los años han ido coleccionando tantas recetas que al final cambiaron la sanidad por la cocina. De preparar vasitos con jarabes y pastillas a hacer vasitos de brownie en Vips hay un pequeño paso. En el fondo todo se elabora a partir de recetas.

Las revistas de enfermería

Papel cuché de suscripción

Hace unos días fui a la cafetería de la universidad para desayunar. Ya sé que puede sonar extraño teniendo en cuenta que hace una década que terminé la carrera, pero cuando una vive a unos pasos de esa cafetería con precios reducidos y apenas llega a fin de mes, es imposible negarse a esos desayunos completos por un euro ochenta.

Y de paso me recreo la vista con los de fisioterapia, y quién sabe, el amor surge en cualquier parte y un novio fisioterapeuta es el sueño de cualquiera. Y ya si cocina, es culto, detallista, lleva barba de cinco días, entiende de vinos, me escucha, respeta mi espacio y baja la tapa del váter, lo dejo todo. Tampoco pido tanto, ¿no? Bueno sí, que no sea gay. A lo que voy, que me lío y esto acaba siendo un cincuenta sombras de esos.

El caso es que mientras me peleaba con el bloque de mantequilla fría imposible de untar, veo pasar unas alumnas de enfermería con una revista del gremio bajo el brazo. Me dio por pensar en las revistas de enfermería, y llegué a una conclusión definitiva, siguiendo bases de investigación científica, por supuesto: las revistas de enfermería están escritas por supervisoras. No puede ser de otra manera. La abras por la página que la abras, sólo dan órdenes: «Di NO a las úlceras por presión», «Mantén la esterilidad», «Haz las escalas de valoración»... No hay duda, son las supervisoras.

Si las revistas de enfermería estuvieran escritas por enfermeras, escribirían sobre cosas útiles y que realmente necesitamos en el día a día: «Descárgate planes de cuidados de internet», «Disolver el Tazocel en treinta segundos es fácil si sabes cómo», «Consigue días libres juntando turnos», «Cómo caerle bien a la mujer que llama de la bolsa de empleo»...

Es que una lee los artículos de las revistas de enfermería y no sabe si es que las otras son superenfermeras o es que una es gilipollas. ¿Os habéis fijado que todas las enfermeras que salen en esas revistas están estupendas? El uniforme impecable, el fonendo perfectamente colocado al cuello, los bolígrafos alineados en el bolsillo, ni una ojera, ni una transparencia en el uniforme... ¿Y los pacientes? Todos sonrientes en sus camas recién hechas, ¡hasta los ingresados en la UCI sonríen!

Fijaos si están convencidos de lo buenas que son estas revistas, que necesitan regalarte algo para que las compres. Pero como son supervisoras, no saben realmente qué necesitas para tu trabajo y te ofrecen cosas apasionantes como un fonendo del chino, un manual de planes de cuidados o una cadena para las tijeras que tienes que acabar soltando del pijama porque es demasiado corta.

Ahora la gente que escribe en esas revistas nos dice que la enfermería tiene que estar basada en la evidencia, cuando lo evidente es que durante el turno no tengo tiempo ni de ir al baño. Y si tus cuidados no lo están, la culpa es tuya. Porque ese es otro tema recurrente de estas revistas, la culpa siempre es de las enfermeras: «Aumentan los casos de infecciones nosocomiales, descubre qué has hecho mal». Suerte que en este tipo de revistas no cuentan noticias generales, si no ya veo titulares cómo «Ciclogénesis en la costa gallega, aprende a no provocarlas».

Tipos de enfermeras

Herederas de santa Florence

Tras años de riguroso estudio rotando por varios hospitales de España, y después de haber trabajado mano a mano con cerca de mil enfermeras diferentes, he desarrollado la habilidad de clasificar a una compañera simplemente con verla trabajar siete minutos y medio, ni un segundo más.

Estaréis pensando que es un superpoder de mierda y tenéis razón, pero qué se puede esperar de alguien que se pasa el día en pijama y le pagan por introducir sus dedos por todos los agujeros que existen en el cuerpo humano. Todos. Y cuando los que hay no son suficientes, abrimos más.

Llegados a este punto, he decidido hacer una clasificación de los tipos de enfermeras que puedes encontrarte trabajando en un centro de salud, en un hospital o en cualquier clínica de nuestro país.

Y la quiero compartir contigo, tanto si eres trabajador o usuario, para que tras siete minutos y medio tú también sepas a quién tienes delante.

La pirolítica: un clásico que nunca falta es la enfermera quemada. Suele pasar la mayor parte del turno protestando por el sistema, el gerente, los sindicatos, porque tiene muchos enfermos en la planta o porque tiene pocos, por el médico de guardia, el Colegio de Enfermería y hasta porque no tenía sitio para aparcar cerca de la puerta. Por una casualidad del destino la mayoría lleva el pelo corto. No es la que más trabaja, no le lleves la contraria porque al final el roce hace la úlcera y la cosa acaba mal.

La bla-bla car: su frase favorita es «¿Sacamos la medicación juntas?», y es que a este tipo de enfermera le encanta compartir carrito. Cualquier carrito. El de curas, el de medicación, el de la ropa sucia y hasta el de Manolo Escobar si lo encuentra. No es mala gente y trabaja bien siempre que no tenga que ir sola.

La Speedy Gonzales: si el auténtico era conocido como el ratón más veloz de todo México, este tipo de enfermera es la más veloz de la unidad. Comparte con el famoso ratón su pequeño tamaño y el traje blanco; si llevase pañuelo rojo y sombrero amarillo ya serían demasiadas coincidencias. Coge el relevo al vuelo, conoce el historial de todos los pacientes aunque nunca los haya llevado, levanta viento cuando cruza el pasillo y sería capaz de hacer su trabajo y el mío sin despeinarse. Siempre está dispuesta a echarte una mano, todos los pacientes están encantados con ella, nunca se olvida de reponer el carrito de curas y no importa que no pinche a la primera porque a ella se le perdona. Podría ser la enfermera perfecta.

La guadiana: es la reina del escapismo. Aparece a las ocho para el cambio de turno, coge el relevo y cuando te quieres dar cuenta ya ha desaparecido. Puede haber ido a ver a un vecino hospitalizado en la planta de enfrente, a hablar por el móvil, a fumar un cigarrito, a aparcar bien el coche o incluso a la cafetería, pero nadie sabe con certeza dónde está en cada momento porque simplemente desaparece sin avisar. Siempre tiene a sus pacientes a medio atender y en el cambio de turno no le preocupa lo más mínimo dejar el trabajo sin hacer, pero te pondrá al día de todos los cotilleos y novedades del hospital. Cuentan que una mañana la supervisora estuvo a punto de poner una denuncia por desaparición, pero lo suavizamos llamándola a su móvil a ver dónde estaba y se solucionó todo con un cartel como los del Oeste, con un WANTED bajo su foto, que estuvo una semana en el control de enfermería.

La teórica: siempre está a la última en cuanto a nuevos estudios y protocolos, se desplaza a todos los congresos de salud que puede, vuelca sus pasiones en un blog, emplea su tiempo libre en leer revistas científicas y critica duramente a quienes no lo hacen. Vive rodeada de papeles y reparte encuestas entre los pacientes para hacer estudios de cosas que se toma tan en serio como si la cura del ébola dependiese de ello. Podría parecer una enfermera perfecta, pero tiene un defecto: el contacto con el paciente no es lo suyo, a ella le va más lo teórico. Lo divino frente a lo humano.

La Arguiñano: otra enfermera que no puede faltar en ninguna planta del hospital por el bien de nuestra supervivencia. A esta compañera le entusiasma cocinar y quiere que seamos cómplices de sus habilidades con el horno, el microondas y la cápsula esa con programador que dicen que cocina sola. Es bien sabido que una enfermera nunca engorda sola, y si está ella jamás faltarán los bizcochos, las magdalenas con cacao, el turrón casero, la empanada gallega y la tarta de galletas. Siempre lleva encima decenas de recetas fotocopiadas que estará encantada de compartir y disfruta viendo cómo comemos las demás. Imprescindible sin duda, se le echa mucho de menos en vacaciones.

La duesauria: lleva en la unidad desde antes de que existiese, cuando todo esto aún era campo, ella ya estaba aquí. La conocerás por sus gritos, le encanta ir de dura y cree que es imprescindible. Su frase favorita es «podrías ser mi hija» y le gusta reprochar tu poca formación en la unidad... algo lógico teniendo en cuenta que ella tiene más años de experiencia en esa planta que tú de vida. Aspira a jubilarse aquí porque en realidad le da miedo salir a conocer otros lugares y nunca sabrás su nombre real porque utilizan pseudónimos como Piti, Chusa, Nuna, Basi o Chicha.

La sudokus: una imprescindible en cualquier planta. Lleva años desarrollando una habilidad que le permite, de un solo vistazo, arreglar una semana libre sin que nadie se dé cuenta. Siempre lleva una fotocopia reducida de la planilla de turnos en el bolsillo del pijama llena de anotaciones a lápiz y códigos de colores que sólo ella conoce. Si necesitas librar un par de días, búscala y estará encantada de arreglarte cambios con gente que ni siquiera sabías que trabaja en la unidad. No importa que trabaje bien o mal, es esencial disponer de una por planta.

Seguro que conoces a alguna de ellas, ¿verdad?

Saliente de noche

¿Estabas durmiendo? ¡Pero si es la una!

¿Conoces esa sensación de 1 de enero? Ese día extraño en el que te despiertas a las tres de la tarde después de haber salido la noche anterior hasta la madrugada. No sabes muy bien en qué día vives, no sabes si desayunar o comer y te apetece cualquier cosa menos salir de casa o aguantar a alguien. ¿Te suena? Pues eso, las enfermeras, unas ochenta veces al año. Más incluso si no tienes turno rotatorio.

Como veis, las enfermeras somos unas expertas de las noches así que no es de extrañar que el grupo Pereza nos dedicara una de sus mejores canciones. ¿No sabéis cuál? Está clarísimo: «Lady Madrid»:

«Más bonita que ninguna (los anestésicos es lo que tienen), ponía a la peña de pie (las analíticas de las 7 de la madrugada) con más noches que la luna (es enfermera sí o sí) estaba todo bien (esto fue antes de los recortes). Probaste fortuna en 1996 de Málaga hasta La Coruña (iba a las oposiciones, fijo) durmiendo en la estación de tren (el sueldo no da para hotel)».

La peor parte del turno de noche no es el turno en sí, lo realmente duro es intentar dormir al llegar a casa: Vecinos adictos a *Bricomanía*, operarios del gas que se colocan a las 9 de la mañana con la excavadora bajo la ventana de tu habitación, la vecina con el aspirador arrastrando muebles, los testigos de Jehová llamando a la puerta o la niña que toca el piano por las mañanas porque es Semana Santa y está de vacaciones (y encima lo toca mal).

Al cartero ya lo tengo dominado. No hay como esperar a que un día llame y abrir la puerta con el pijama de oso panda, los pelos revueltos que ríete tú de las ondas surferas, un ojo cerrado y las zapatillas de los Minions, para que nunca más vuelva a timbrar por miedo.

La parte que todavía no tengo controlada es la del teléfono. No puedo apagarlo por si me llama la mujer de la bolsa de empleo para darme un contrato, y al final las únicas que me llaman son mi madre o Yuleidis Miranda de Vodafone, que ya nos hemos hecho amigas y el día que no me llama lo hago yo por si le ha pasado algo.

Si en alguna ocasión no me despierta nadie y consigo dormir toda la mañana, mi compañera de piso se asusta. El otro día me despierto y la veo agarrándome un pie y con un palito de estos de mirar la garganta en la mano. «Satu, chica, te iba a hacer un Babinsky porque tú no duermes, ¡tú entras en coma!»

Una cosa más, os pido por favor que entre todas intentemos perder esa extendida costumbre de decir «¡Uy! Me voy pitando que hago la noche» mientras tomas unas cañas con las amigas, o lo de «Hoy salimos en plan tranqui que salgo de la noche». De verdad, compañeras, no queda nada bien. Lo vengo observando desde hace un tiempo y la gente que no sabe a qué nos dedicamos nos mira raro.

Os dejo. Son las nueve y media de la mañana de un martes frío y lluvioso del mes de marzo y me voy a dormir como si me pagaran por ello, no sin antes actualizar mi estado de Facebook con un «Aviso para carteros, señores del butano, madres que se despistan y vecinos en general: Aquí una enfermera que sale del turno de noche se va a la cama». Buenas noches, Nightingales!

El papel utilizado para la impresión de este libro
ha sido fabricado a partir de madera
procedente de bosques y plantaciones
gestionados con los más altos estándares ambientales,
lo que garantiza una explotación de los recursos
sostenible con el medio ambiente
y beneficiosa para las personas.
Por este motivo, Greenpeace acredita que
este libro cumple los requisitos ambientales y sociales
necesarios para ser considerado
un libro «amigo de los bosques».
El proyecto Libros Amigos de los Bosques promueve
la conservación y el uso sostenible de los bosques,
en especial de los bosques primarios,
los últimos bosques vírgenes del planeta.

Papel certificado por el Forest Stewardship Council®

MIXTO
Papel procedente de
fuentes responsables
FSC
www.fsc.org
FSC® C117695